BAND 391

Club Taschenbuch

LESERÄTSEL
Seite 48

Die österreichische Kinderbibliothek

Pädagogische Arbeitsblätter zu diesem Titel downloadbar auf

www.obelisk-verlag.at

Erzählt von Heinz Janisch

Einer für alle! Alle für einen!

Eine Hasengeschichte

Mit Bildern
von Birgit Antoni

Club Taschenbuch

OBELISK VERLAG

Redaktion der Club-Taschenbuchreihe:

Inge Auböck

Umschlaggestaltung: Carola Holland

Neue Rechtschreibung

Druck und Bindung: Florjancic Tisk, Maribor, Slowenien

ISBN 978-3-99128-125-2

Dies ist die Geschichte von den berühmten Leibwächtern des Königs mit Namen Athos, Porthos, Aramis und d'Artagnan.
Lange Jahre hatten sie dem König gedient, nun aber stand ihr Abschied bevor …

Eines Tages im Frühjahr erlebten sie ihr letztes gemeinsames Abenteuer. Einmal noch sollten sie für den König ihr Leben riskieren.

Einmal noch sollte ihr Ruf erschallen:
„EINER FÜR ALLE! ALLE FÜR EINEN!“

Heinz Janisch · Birgit Antoni
Einer für alle!
Alle für einen!

D’Artagnan, Graf von Hasenfeld, erinnert sich, was sich an jenem denkwürdigen Tag zugetragen hat ...

Es war Frühling. Ein wunderbarer Duft lag in der Luft und mitten in diesem Duft lagen wir und schauten in den Himmel.

„Wisst ihr, Freunde“, sagte Athos, unser Chefhase, „ich habe das Kämpfen satt. Ich werde Maler. Der Pinsel war mir immer schon lieber als der Degen.“

„Ich wüsste auch schon eine gute Beschäftigung für mich“, sagte Porthos, unser Schwergewicht. „Essen, essen und nochmals essen. Das ist ein Kampf, der sich lohnt!“ Sein Bauch hatte den Kampf jedenfalls schon lange gewonnen.

„Ich möchte nur noch in blühenden Wiesen herumliegen und lesen. Es gibt nichts Schöneres als blühende Wiesen und neue Bücher. Meine Hasenbibliothek hat übrigens schon mehr als tausend Bände!" Aramis, unser Denkhase, konnte es einfach nicht lassen. Er musste schon wieder angeben.

„Genug geplaudert", sagte ich.
„Noch stehen wir in den Diensten
des Königs." Ich sprang auf.
„Lasst uns ein wenig üben,
bevor wir ganz einrosten".

Und dann kämpften wir ein wenig.
Oder zumindest taten wir so.
Wir waren eben nicht mehr die Jüngsten.
Trotzdem waren wir immer noch die besten
Hasen-Wächter des Königs weit und breit.

Da sausten zwei Laufhasen mit großer Geschwindigkeit auf uns zu. „Der König kommt! Der König kommt!“, riefen sie aufgeregt.

„Und wo ist das Problem?“, fragte Aramis.

„Er wird verfolgt!“, keuchten
die Laufhasen, „drei Hunde!
Und Grünröcke!“
„Na dann“, sagte Porthos,
„an die Arbeit, Freunde!“
Wir hatten schon oft für den König gekämpft.
Inzwischen hatte jeder von uns seine
eigenen Tricks …

Athos zückte seinen Pinsel und
übermalte rasch ein Schild.
„HASENPARADIES“ stand
da jetzt in Hasensprache
und das Schild zeigte
geradewegs in den Wald.

Der erste Hund stutzte,
holte seine Brille heraus,
las das Schild aufmerksam
und dann war er auch
schon im Wald verschwunden.

Aramis setzte sich gemütlich auf einen Erdhügel und schlug ein Buch auf. Er begann laut zu lesen.

„Es war einmal ein Hund. Der wollte was erleben. Also rannte er in die weite Welt hinaus und schon bald …" Der zweite Hund bremste sich ein, hörte kurz zu und rollte sich vor Aramis ein. Mit ruhiger, angenehmer Stimme las Aramis vor. Nach einer Weile hörte man den Hund laut schnarchen.

Porthos hatte eine riesige Karotte hervorgeholt.
(Wo er die nur wieder herhatte?)
Er bestrich sie mit einer seiner Wundersalben.
„Riecht nach Schinken“, sagte er.
Dann warf er die Schinkenkarotte in einem hohen Bogen über den Fluss.

Der dritte Hund schaute kurz hoch,
dann sprang er auch schon
mit einem Satz ins Wasser.
Der König und alle Hasen
dieser Welt waren längst
vergessen.

Ich kümmerte mich um die Grünröcke.
Ich nahm ein altes verbeultes Jagdhorn
aus der Tasche, das hatte ich einmal
im Wald gefunden.
Ich blies dreimal kräftig hinein.

„Ende der Jagd“ hieß es, „auf ins Gasthaus zum Essen und Trinken!“
„Na endlich!“ riefen ein paar Grünröcke. Sofort drehten sich alle um und marschierten davon. Auch die drei Hunde hatten das Signal gehört und stürmten den Grünröcken hinterher.

Ich atmete erleichtert auf.
Die Gefahr war gebannt.
„Danke, Jungs“, sagte eine Stimme neben mir.
Es war der König. Er kletterte aus einem
hohlen Baumstamm. Er richtete sich auf,
versuchte würdevoll dreinzuschauen und
sagte: „Ansprache!“
„Heee, Leute“, rief ich den anderen zu.
„Alle mal herkommen. Der König will
was sagen!“

„Ich verdanke euch mein Leben“, sagte der König schließlich, als wir vor ihm standen.
„Dafür will ich euch etwas schenken!“
Er griff in seinen königlichen Rucksack.
Dann drückte er jedem von uns ein rotes Ei in die Pfoten.
„Frohe Ostern“, sagte er feierlich.
„Gleichfalls“, brummte Aramis.
Es klang nicht besonders begeistert.

„Und außerdem“, sagte der König,
„hat jeder einen Wunsch frei.
Ich weiß ja, dass ihr bald in den
Ruhestand geht.
Also, was hättet ihr gerne?“

„Ich will ein kleines Restaurant eröffnen“, sagte Porthos. „Viel kochen – und noch mehr essen. Das will ich.“

„Genehmigt“, sagte der König.

„Ich möchte Maler werden!“, rief Athos.
„Alles, was ich brauche, ist ein Raum zum Malen – und viel Farbe und Papier!“
„Genehmigt“, sagte der König.

Ich will einfach bei meinen Freunden bleiben“, sagte ich. „Genehmigt“, sagte der König. Die anderen sahen mich gerührt an. Athos klopfte mir auf die Schulter.

„Ich brauche einen Platz für meine Hasenbibliothek“, sagte Aramis. „Immerhin habe ich schon mehr als tausend Bände und ... “

„Genehmigt“, sagte der König.

„Aber einmal – einmal will ich es noch hören“, sagte der König. Wir wussten genau, was er meinte.
„Einer für alle! Alle für einen!“, riefen wir wie aus einem Mund.
Wir streckten unsere – na ja – Waffen weit in die Höhe.
Da standen wir, die berühmten Leibwächter des Königs, mit einem Pinsel, einem Buch, einem Jagdhorn,

und einer Karotte in der einen und einem roten Ei in der anderen Hand. Der König sah nachdenklich in die Runde.
„Noch eine Frage“, sagte er. „Möchte jemand mit mir tauschen?
Hätte jemand lieber ein blaues Ei?“

ENDE

So war das damals mit Athos, Porthos, Aramis und d'Artagnan.
Wie es den vier Freunden seit jener Zeit ergangen ist?

Sie leben glücklich und zufrieden,
vier alte Hasen, die sich einmal die Woche
im Restaurant von Porthos bei einem guten
Tropfen Karottenschnaps treffen und von den
alten Zeiten plaudern ... Manchmal heben
sie dann das Glas und rufen mit brüchiger,
aber stolzer Stimme:
„Einer für alle! Alle für einen!“

Mögen sie lange leben!

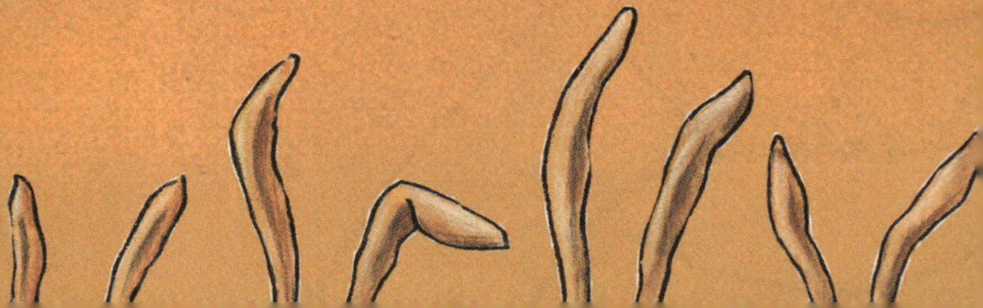

Heinz Janisch

wurde 1960 in Güssing geboren. Er studierte Germanistik und Publizistik und lebt als Journalist und Autor mit seiner Familie im Südburgenland. Seit 1982 ist er Mitarbeiter beim ORF und Redakteur der Portrait-Reihe „Menschenbilder". Seit 1989 veröffentlicht er zahlreiche literarische Beiträge und Bücher, darunter viele Kinder- und Jugendbücher, die in mehr als 25 Sprachen übersetzt und vielfach ausgezeichnet wurden, u. a. mit dem Österreichischen Staatspreis für Kinderlyrik, dem Österreichischen Kinder- und Jugendbuchpreis, dem Bologna Ragazzi Award,Nominierung zum Deutschen Jugendliteraturpreis, Schweizer Kinder- und Medienpreis u. v .a. 2024 wurde Heinz Janisch der Christine-Nöstlinger-Preis verliehen. Im selben Jahr erhielt er auch den Hans-Christian-Andersen-Preis, die weltweit bedeutendste Auszeichnung im Bereich der Kinder- und Jugendliteratur.

www.heinz-janisch.com

Birgit Antoni

1969 in Wien geboren, studierte Buchgestaltung und Grafik-Design und ist als freiberufliche Grafikerin tätig. Sie veröffentlicht Kinderbücher und gestaltet u. a. Plakate und Ausstellungen. Für ihre Arbeit erhielt sie den Illustrationspreis im Rahmen des Kinder-und Jugendbuchpreises der Stadt Wien und stand auf der Ehrenliste des Österreichischen Kinder- und Jugendbuchpreises sowie auf der Liste der „Besten 7 Bücher für junge Leser" (Deutschlandfunk).

Einer für alle! Alle für einen!

LESERÄTSEL

Du kennst jetzt das ganze Buch und kannst sicher die Wörter in den Lücken ergänzen. Setze sie in die richtigen Zeilen des Kreuzworträtsels ein.

1. D'Artagnan ist der Graf von ... .
2. Athos möchte am liebsten ... werden.
3. D'Artagnan hatte einmal ein altes verbeultes ... gefunden.
4. Porthos Karotte riecht nach ....
5. Porthos Lieblingsbeschäftigung ist ....
6. Einmal die Woche trinken die Hasen einen ... in Porthos Restaurant.
7. Auf dem Schild, das Athos bemalt steht „...".
8. Der König kletterte aus einem hohlen ....
9. Zur Belohnung schenkt der König den Leibwächtern rote ... .
10. Porthos will ein ... eröffnen.
11. Der Ruf der Leibwächter lautet: „Einer für Alle! Alle für ...!"

Im senkrechten orangefarbenen Balken

steht das Lösungswort: ______________________

Lösungswörter: 1. HASENFELD, 2. MALER, 3. JAGDHORN, 4. SCHINKEN, 5. ESSEN, 6. KAROTTENSCHNAPS, 7. HASENPARADIES, 8. BAUMSTAMM, 9. EIER, 10. RESTAURANT, 11. EINEN (LÖSUNG: FROHE OSTERN)